ديوان

ليالي الحب

د. جُمان الريحاني

إهداء..

إهداء إلى الليالي الجميلة

ليالي الحب

إهداء إلى الحب والمحبين

إهداء إلى وهران

إلى وهران الجميلة

والى كل مدينة جميلة تزخر بالحكايات والخيال

جمان الريحاني

أميرة الشعراء

إن كان في الحكومة رؤساء ووزراء

فأنا في حكومة الشعر أميرة الشعراء

عسلية العينين ببشرة بيضاء

طويلة الشعر شقراء

ممشوقة القوام كالساعة الرملية أميرة الصحراء

فرس الخيل جموح أصيلة عنقاء

غزالة مكحلة العينين ظبية الوادي عفراء

حرة بين النساء

وفي ساحة النزال عاصفة هوجاء

بين الكواكب قمر بأبهى ضياء

يا أميرة الشعراء لا تتكلمي

لا تتعبي نفسك لا تتعلمي

در الكلام لب المعاني

كلام قليل فلا تندمي

لا تندمي على القليل بل على كثرة الكلام كانت الناس تندمي

وظلام تحكموا وضحايا تظلّموا

وبيوت تهدموا

كثرة الكلام خطيرة

وكثير من الناس لخطورتها لا تعلم

كلام حكيم قد يختصر ..

كلام كثير عنه يغض النظر

كلام.. كلام فهل كله يفهم؟

أم قليله معناه يعلم

أميرة أنت صاحبة القلم

أميرة أنت حرة الدم

أقيمي محاكم للحروف ومن يخطئ يعدم

والحاكم العادل ميزان بالقسط ويحلم

لا تأخذه رأفة بمجرم

أو سارق أو هارب يسطو على بيت فيكسره فيهدم

الباب مطلع والمطلع باب

ولا يجوز قبل إكمال القصيدة أن يعلم

والقافية حجارة مرصوصة تدعم بعضها البعض كالسلم

والروي يروي ظمأ العطش مزيدا خمرا أو دم

والزحافات كانسحاب الأفاعي على الرمل فهل وجهتها

تعلم

والعلل علّة عند الشعراء حين سمعوا شعري نار

تضرم

بحور الشعر أسبحها كيربوع على رمل الصحراء

الحمم

والشمس ساطعة والرأس بين البحور فلا يندم

دمي يغلي شعرا شغلي دمي

يا بحر هل تخشاني وأن يا صحراء فهذا حال الأمم

أنا بركان وكلماتي صخور الحمم

أبيد الشعراء وناري لا يطفئها الندم

خفيفة رمال البحر طويلة أماجه

كاملة الجمال أعماقه وافرة كنوزه سريعة ضرباته

بسيطة نسماته متقاربة سفنه وأيضا أسراب أسماكه

هل تدرك حقيقته؟

أم أنك تتعجل العلم والعلم

منسرحة شطآنه

والوزن وزني بخزينة الرشيد وكل الأمم

أنا شاعر

ما استصعب على شاعر بناء جدار أو هدم بيت

ولكن البناء على الشعار أصعب من على البنّاء للبيت

وهدم البيت قد يسهل ولكن هدم الشعر لا يعقل

وما سمعنا عن بيت شعر هدم

فإقامة الشعر منذ القدم

وبيوت الشعر لهذا اليوم تقف على قدم

أشعري كن شعرا ولو هدم

وما كان للشعر أن يهدم

ولو احرقوني وأراقوا دمي

ولكن الشعر باقي على قدم

نعم.. نعم وألف نعم

الشعر باق من النعم

أنا شاعر قلت كلمي ولا لي ندم

لكي كلمة هي رأس مالي والسهم

كلمتي أعيش بها وهي الطعم

كلمتي أموت بها وهي الموت والألم

شعري هو من النعم

أنا شاعر لي قصور خدم وحشم

أنا شاعر أملك العدم

لي خزائن أموال وريّم

أمشي حقيقة بين الرمم

أنا خليفة الشعراء..

أنا حفيد الأنبياء أنا فخر الأمم

أنا شاعر أنا خيال أنا حلم

أقيم حروبا وانتصر على أعداد هُمَمْ

ثم أجدني في الصحراء مجرد بلا عمم

أطلب شربة ماء في قمم

تحت البلوط قرب النبع حسناء

واقفة تسقيني

وتوقظني من سراب الحلم

أنا شاعر أنا قمة القمم

ألم يعجبكم شعري

بلى قولي نعم ؟

أيا ويلي و ويحي من ممرضة الكبد

حمراء الخد معصورة الشفة

مجعدة الرمش شعرها الخشن

إن لي في الهجاء مطاب فالوزن متى كسر خسر

والقائل له لسانه عسر

ألا يا قائلي ألا يا قاتلي ألا يا من تحيي بالقلم

أشعاري وإن ماتت الناس أحياء

أشعاري وإن خدش اللحم حياء

أيا صاحبة الرداء الأحمر ..

وصاحبة البيت الأخمر

افتحي بيوتك للقائد والأعقر

ارمي شعورك على نحري

وارفعي خمورك إليّ نحوي

بيضاء الساق داكنة المساق

هذا إراق لعناقي

جانب البيت وثقت ناقي

كل العرب سمعوا بموطئ ساقي

يا سمراء هل قررت الليلة إحراقي

أطفأني النار الرماد باقي

رمادي على جثتي وجثتي لغيرك لا تطاق

أعاشقك أنا أم أنني عابر سبيل وطاق

طويلة النجد قصيرة المجد

عريضة العضد لئيمة العهد

يا ستائر الحرير فحيّ المال ما خبأته الجبال

هاتي الحضن وحضنك لغيرك آتي

مالك تستعجلي كل ما هو آت

أماء الغدير كم لك في البئر

وكم قافلة مرّت لك بالدلو ترمي

أتسقين ظمأ العابرين إني رأتك لا تسألين

من هذا؟

ذلك؟

ذئب أو ابن أصل

وما المبتغى إلا غرام

والظمأ حجة العابرين

عابر سبيل لا يسأل بل كل يأمر ومهل

وكل المطالب أشواق تقتل

يا صاحبة الشامة على الفخذ إن وضعت يدي هل تراها تظهر الشامة

لا.. لا لن أضع يدي فأنت سوف تبتعدي

وإن وضعت يدي حبا لي سوف تلدي

نحاسية الكأس

يا نحاسية اللون في كأسي ياقوت يلمع أم نفسي

إني أراني في العشرين وها أنا في الخمسين

شيب الرأس يكسي

من ذاك في الكأس أنا أو نفسي؟

يا ويلي من نفسي إن كنت أنا في الكأس

من سوف يشربني أنا أم نفسي؟

تعالي يا ماجنة الكأس لك فلا تقسي

وإن قسوتي سكبت الكأس على رأسك

ولا حب لك يا ما جنة ولا أنت يا نفسي

يا إسلام

(شعر رجل دخل الإسلام من جديد)

أيا إسلام لماذا تقيد يديّ كنت حرا واليوم أحس أنني ملك يديّ

ما كنت عبدا واليوم أنا عبد ولا شيء بيديّ

أخاف هذا أخاف ذاك

حرام هذا حرام ذالك

وكل شيء كان حلال على عهد والديّ

طوباك يا أبتي مت وكل شيء كان حلال

واليوم حتى الموت فيه حرام وحلال

طوباكي يا أمي مت وما علمت أن الزوج تجوز له أربع

ولا تجوز له أخت كنت ترضع

طوباكي يا أختي ما علمت أن الموءودة سوف تسال

بأي ذنب قتلت أو ليتها لم تحمل

طوباك يا إسلام أنا فيك مسلم على عهدي الأول

اغفر لي يا ربي

ولوالدتي

ووالدي

ولأختي التي تمنت لو لم تولد

وخير..

يا ليتني من حرفين لا أحرم

كما الجسد بعد الروح يعدم

تحت التراب بشبر له يقسم

وخير اللقاء حضن وقبلة

وخير الفراق قلب ينعصر ودمع ينهمر

وخير الضوء شمع يحترق

وخير الظلمة بنجمه يهتدى

وخير المرض حب يحي

وخير الدواء عسل يشفي

وخير الحيوان ناقة تمشي

وخير السلاح بارود يدوي

وخير الرجال ساعد شديد قوي

وخير النساء عذراء ولود مطيعة

يا ليتني أنا وحرفي كجناح طير يحلق

وليس شعري كشعر الرأس فيحلق

بل كولد صالح يرزق

وخير الأعمال ولد صالح يدعو

وخير أعمالي شعر بحرف يسمو

وخيرك أنت حرف تقرأه

وخيري أنا حرف أكتبه

وخير السماء سحابة تمطر

ساقية النبع

أساقية النبع هل تسقين الناس كما يسقى الناس من
دمعي

يا نبع الماء مال الحسناء هناك تبكي

ما الحل إن اختلط الملح بالماء؟

يا حسناء لا تبكي

فدمعك مذاقه في فمي

سقيت الناس دموعا من النبع

يا كاشفة العضد والشعر مالي أراكي تخفين الثغر

يا براقة النواجد الندم لا يجدي

فلا تهدري الدمع ولا تبكي

أتبكين على حبيب غادر

أم تبكين على أيام نادرة مغادرة

أنت لا تبكين عن اهلك وأهلي

أنت تبكين قلبك يا قلبي

تعالي نضمّد الجروح فلا تبكي

تعالي تهدأ الروح ولا تحكي

أنا أيضا مجروح ولو تدري

جرحت في الحرب العام المنصرم

وقالوا أنني لن أعيش لأرى غدي

إني أناديكي بدمي

بالروح أناديكي وليس بيدي

تعالي يا حسناء ولا تبكي

وفي الماضي خنجرا أغمدي

أنا الحاضر ولا تهتمي بالغد

وها أنا أراك اليوم أمامي يا فلذة كبدي

أتريدين أن أريق العروق لتتأكدي

وسوف يصبح النبع باسمك يتنهد

والناس يسقون دمي لكل أهل الوادي

ألا هيا هدنة لنعقدي

وحدك دمائي فلتشربي

أسقيكي من عروقي ودمي

واسقني ولا تسقي الناس ولو من المدمع

هيا.. هيا وافقي وامشي معي

لا تقولي لا وللناس لا تسمع

أنا عاشقك أنا مبتور الخنصر

فإن لم ترضي افقئي عيوني أو أنا فيها أطبع إصبعي

عيوني لن ترى غيرك يا مطمعي

عفوا.. عفوا مطلبي وليس مطمعي

أنا طامع بالحب أنا فقير لا افقه إلا الرعي

إن رضيت براع فأسرعي

غنيمات عند النبع سوف تشبع

وان شبعن في المشي لن تسرع

أنا تعب أكاد افقد الوعي

ملوك الكؤوس

ملوك الكؤوس ضعاف النفوس

عشق وله ومال في جيوب النساء مدسوس

ومن ليس من الملوك منحوس

ومن يقهقه على الملوك خادم نجوس

ملوك الكؤوس ليسوا رومان ولا ماجوس

بل عرب ماهوس

هذه هي حياتي وهذه هي الطقوس

عاهرة الرومان

عاهرة الرومان بلسان آخر تحكي

صوتها جميل وكلامها لا مفهوم عندي

ولكن هل العاشق يحتاج لسان ليحكي

وما خلق اللسان لأجل لغة يا ناس

فهل كان البكم أحب أو تزوج

وهل كان الأبكم حتى قد أنجب

وهل كان الحيوان نطق أو أحب

اللسان خلق لثلاث

الأكل، والأكل والأكل

أكل الطعام وأكل النساء وأكل التراب

ولما خلق لسان النساء ...

بَعْدك..

ألا بقيت بعدك في هذه الدنيا إن غبت عني

البعاد والهجر يجرحني ويأخذ الحياة مني

حبيبي إن اخترت الغياب فلتغب روحي عني

لا حياة لي من دونك يا بعضي وكلي

ما عرفت أن هذا الجسد يتسع لك أكثر مني

فما نفع روحي لوحدها وجسدي يراك روحي ومني

حبي أتيتك كلي وكأني لم آتي، بقيت مكاني

مكاني قربك فأنت وطني وزماني

زماني وعدي لك يوم ولدت ولأجلك يا حناني

حناني كبرياء يعلو بصوت تنهداتي

تنهدات أشعلت الليل نهارا وأطفأت الشمس رمادا

رماد روحي إذ أحرقا الهجر والبعاد

بعاد المكان صعب ولكنك داخل قلبي

جوهرة نحرى

جوهرة نحري ..

راية نصري ..

اشراقة ثغري ..

وردة قصري ..

نجمة فجري ..

وقهوة عصري ..

مالك عمري

يا سمائي السابعة..

يا ارضي الضائعة..

يا نجمتي الساطعة..

يا ليلتي الراجعة..

يا أمي المرضعة..

يا قمرتي الطالعة..

يا حنتي الطابعة.

ألقيت بك سر في نهر السين ..

وكان قلبي لا يزال ينبض لك بالحنين

قد قيل في زمان كان ..

أن الرجل هو سلطان ..

والحب للمرأة امتحان ..

وفي زمننا الآن ..

الحب هو السلطان ..

والرجل يعشق إجراء الامتحان.

ما كان الشرف للذراع إلا عندما كان للأميرة وساد..

وللعدو سيف قاطع جاد حاد..

القبل..

أمطر حبيبي بعسليات القبل..

فروض الحب تسقى بالقبل

حمدان حبيبي ساكن الفؤاد والمقل ..

أنر حياتي وأبهج المقل

هات لي قبلا معتقة

فأنا في حبال هواك معلقة

هات لي قبلا صباحية

فأنا بقبلك أصبح حية

هات لي قبلا على الريق

قبلة تشفي من كل ضيق

هات لي قبلة مستورة

لأغدو بين الناس بحبك مغرورة

هات لي قبلا نبيذية

قبلا تشفي من كل أذية

هات لي قبلا بطعم الكحول

يا أسدا بتّارا بين الفحول

هات لي قبلا عسلية

تفسّر الرغبات والنية

هات لي قبل العسل دعني أغيب عن الفكر والعقل

هات لي قبلات شقية بالحلال لنني فتاة شرقية

هات لي قبلا دعني أخمر

يا ريق حمدان يا كوثر

حمدان يا عذب يا سكر

دعني أشرب أسكر أخمر

من نظرة حمدان أنا في خمرة ..

والخد في حمرة ..

والقلب فيه جمرة

حمدان يا خمري وغطائي

وصهيل القلب وندائي

وحبيب روحي ورجائي يا ستري وخماري

حمدان هات الراح لأرتاح

قدّم لي العشق في أقداح

حمدان من نظرة سقيتني كأس خمرة مشاعري اليوم
في ثورة جهرة

رميتني في الحب كأنما رميتني في بحرة قمرة
ممزوجة بحمرة

أسيرة زجاجتك ما عدت حرّة ..

أسيرة زجاجتك العتيق ..

كأنما تسقيني الرحيق ..

أسيرتك ما عدت حرّة

يا أسمر ..

حبيبي يا أسمر رميتني في قدح الصهباء ..

حمدان إلا تخاف على فتاتك الشقراء ..

هات لي كأسا من الخمر قلبي أصبح يكويني كالجمر

هات لي كأسا أحمر دعني بك أسكر أخمر ..

أيها العشق النحاسي الأسمر أنا للبعد والهجر أنهر

نار لهيب تحرق الصدر

الحب يا حبيبي من الفجر للفجر ..

حمى أصابت كل الجسد من عشقك أحس بإغماء

أ حمدان هات كأس عشق ..

دعني أهيم دنيا العشاق

قبلة لأجل يوم سعيد لأجدد لك حبي مع كل فجر جديد

قبلة على الساعد لينتهي البعد والتباعد

قبلة على الكف لعلّ الألم يحفّ

قبلة على الصدر تزيح عنّا الهجر

قبلة على القلب يغرقنا أكثر في الحب

قبلة على الجبين تصف معنى الحنين

قبلة على الخد تبين معنى الود وتشعل نار الوجد

قبلة على اللحية

قبلة على الجفن

قبلة على الزند

قبلة لإحساسك

قبلة للأنامل

قبلة على الرأس يا خمر الحب والكأس

قبلة على الذقن

قبلة على الرقبة

قبلة على الأنف

قبلة على العين تبعد الحسد والعين

قبلة لأجل يوم جميل وأنا لك أميل مع كل ميل وميل

قبلة لأجل الرياضة تجعل مشاعري لك فياضة

حمدان اسقيني قبلا تسكرني فأنا من دونك ما عدت أعرفني

حمدان عشق قلبي وروح فؤادي

ونبض القلب بالحياة

يا روحا تحيي الجسد

وعشقا يكوي الكبد

حبيبي لماذا عيونك حمراء تدمع ..

لماذا خدك بالدمع يلمع

أعصافير الربيع زغردي ..

ولا تخشي هطول الأمطار

فالربيع قد خلق لك لتغردي

ولأجلك زينت الأرض بالأزهار

لعلعي ارفعي الصوت وتمردي ..

طيري وافرحي وللجناح افردي

رواية حمدان

اليوم أصبحت موجودة   وقد أخذت سنوات للتكوين

في عالم البشر مولودة   استقبلك بدفء وحنين

صرح الحب

يا صرحي والماء،

يا قصري فوق السحاب قرب السماء

يا قلعتي الغنّاء ..

وجنتي الروضاء

يا عصافيري المغردة بألحان الغناء ..

يا أرضي الشفافة المليئة بالحياة

يا تفاصيلها الدقيقة ..

ويا زخارفها الأنيقة ..

ويا أسرارها العميقة..

ويا جدرانها الشفافة ..

التي تبرهن النظارة وتعكس الحضارة ..

يا جدرانها التي تعكس ذاتي ..

وتفسر ما هو آت ..

يا سطحي المائي ..

ووراءه سمائي ..

يا أرضي هل أمشي أو انزع حذائي؟ ..

هل أكشف عن ساقي آم يخدش حيائي ..

فماذا علّي ألاقي ..

يا قلبي وسرّ الباقي ..

يا برجي في السماء ..

وبعدي عن الناس في الأرض الحياء ..

يا عفّتي والحياء ..

هل كتب للحب في الأرض بقاء ..

أم أن الحب أصبح للضعفاء ..

أم أنه عزم الأقوياء ..

يا سيدي بلا رجاء هل أنت آت أم لا ..

ليالي من بداية حياتنا

سهرات تحت النجوم

ونجمات يشاهدن بين الغيوم

برد وثلج وأضواء كثيرة

حطب ونار ودفئ الحب في قلبينا

أغاني هادئة وأرواحنا متلائمة

تراني الجمال

وأراك الأمان

واراك الحنان

وأراك هدية الزمان

ما أجمل أن نكون معا

والأجمل أن لا احد معنا

نحن لبعضنا والزمن لا علينا بل معنا

شخصان اثنان

وفي قلبيهما يحملان

كل سعادة الكون

وما شعر به من حب قلبنا إنسان

إنها رومانسية لا منتهية

إنها شاعرية لا متناهية

إنها حياة حقيقة لا خيالية

يا فارس الأحلام

وقمر الأيام

هذه الليلة وكل ليلة

هل كنت تتوقع يوما أننا سنتوحد؟

أنا كنت أتمنى ولم أكن أتوقع

أنت وأنا معا كل ليلة

أصبحت لي وأنا لك

وبعد أن اذنب السماء

واستجيب للدعاء

ها نحن معا هذه الليلة

وكل ليلة

حبيبي

يا هدية السماء

يا عيوني

يا عيون العسل

يا شهد الحب

أريد طفلا منك

هل قمة الحب أنني أريد طفلا منك؟

أنا أريد طفلا منك

طفلا هو جزء منك

طفل سوف يشبهك

له ملامحك

طفل جميل

شخص صغير

هو مني ومنك

أنا أريد طفلا هو خلاصة الحب الذي بيننا

طفل يشبه الحب

سوف يجمعنا إلى الأبد

أنا احبك

وهذا دليل حبي لك

لا يمكن أن اصدق كيف ستكون حياتنا

لا اصدق إن حصل الأمر

كيف سنشعر

وما الذي سنشعر به

أنت وأنا

سوف أخبرك بكل ما يراودني

وأريد أن أعلم بكلما يجول بخاطرك

سوف أجعلك أبا

وأنت من ستجعلني أما

حبيبي

أنت هديتي

وطفلنا هدية مني لك

كيف سيكون شعورك يا ترى؟

أنا اشعر بالسعادة لأننا معا

واشعر بالسعادة

حين أتأمل حياتنا

وكل تفاصيلها

كلما يجمعنا يجعلني سعيدة

أنت السعادة بالنسبة لي

ليالي الأطفال

وأصبحنا عائلة

وشعلة الحب مازالت دافئة

حين يجمع الحب

بين شخصين

فإن الأطفال يصبحون نكهة الحياة

والأمر مختلف حين يكون الزواج بلا حب

ليالي الأطفال

هل هي مرهقة؟

حين السهر ولا نوم باكتفاء

وأصوات البكاء

ولكن التعب والعناء

حين المرض

يأتي الشقاء

انهم أطفال صغار

وليسو أشقياء

إنهم أطفالنا الأبرياء

جميلون وهم نيام

كأنهم ملائكة من السماء

إنهم هبة

هدية من الجنة الغناء

أطفالنا أنا وأنت

رباطنا إلى الأبد

رباط العاشقين السعداء

ليلة العرس

ليلة المعاريس كأنها ليلة في باريس

ليلة في اللاذقية كأنها ليلة في البندقية

ليلة في المنيا كأنها في ألمانيا

وهران

الجميلة

وهران الجميلة

جزائرية التراب

جزائرية الشطآن والأمواج

جزائرية الأرض والدماء

جزائرية.. هي وهران الجميلة

إنها وهران ذات القلب الكبير

والصدر الرحب

وهران التي ترحب بكل زائر،

وتستقبله بكل حب

وهران التي تغدق الحب على كل مقيم..

وهران التي تعاملك بصدق بوفاء

كأنها صديق حميم

وهران مدينة الأسود والرجال

مدينة الكهوف

والجبال

مدينة الروعة،

سر الجاذبية والجمال

إنها وهران ايفري سابقا

ايفري.. مدينة الكهوف

وهران التي تسلب العقول

وتخطف الكفوف

تسحبك من يدك

وكأنك طفل صغير

يكتشف أرجائها وخباياها

طفل يحميه

وهر على اليمين

و وهر على الشمال..

وهران..

وهران وطفلة صغيرة

طفلة تعشق مدينة كبيرة

طفلة وقعت في حب وهران

طفلة تمشي حافية القدمين على صخور خليج وهران

طفلة تتأرجح بخطوات غير ثابتة

بين صعود و موجات تعثر

تتعثر فتصمد، لا تسقط..

واصل التقدم..

هيا قم فثر

عثرات ومصاعب

لا تقف صامدة أمام إيمان طفلة وهران

بتسلق جبل مرجاجو

طفلة تسعى بين المرسى الكبير غربا

إلى السانية في الجنوب

طفلة تتبع حبها مع أشعة الشمس

من الشروق إلى الغروب

طفلة تبناها مولاي عبد القادر الكيلاني

فأصبح منبعها،

أصلها وانتماؤها وهراني

طفلة وقفت على تلك الهضبة

لتتأمل وهران الأم

منبع الحنين

تجول بالنظر من حصن سانتا كروز

إلى سانت لوجين

وتنظر من الميناء إلى بولانجي

إلى جبل الأسود

نظرات شغف وهدوء،

إحساس بالوجود

نظرات حب تتضمن قسما وعهود

إنها وهران..

وهران مصدر الحب..

حيث تهتم بك العناية الإلهية

خض التجربة ولا تعر الأمور بعض الأهمية

فتعال عزيزي الزائر..

لتعتني بك وهران

تعال لتجرب حبا غير مشروط

حب لا ترسمه نقاط وخطوط

حب لا يكتب بالحروف

ولا تحكمه الحظوظ

انه حب مرئي ملحوظ

حب صادق وعميق..

حب وسيم وأنيق

حب صاف ونقي..

حب شفاف حقيقي

حب أدركته حتى تلك الطفلة البريئة

الطفلة الصغيرة التي أصبحت فجأة جريئة

تلك الطفلة التي هامت في حب وهران

كأنها محب عاشق ولهان

كأنها من أعظم العشاق عبر طيات التاريخ

طفلة نقشت قصتها مع وهران على صفحات التاريخ

تلك الطفلة التي أحست أنها أميرة

تجلس على عرش الحب والعاشقين

أميرة الرومان التي شهدت الصراع

بين الأمويين والفاطميين

على حب وهران وليس حب السلطان

أميرة تجلس على كرسي عاجي.

ونظرة المشتاق المحترق بالصبابة

لها يقول:

دوائي وعلاجي

على يمين الأميرة وشمالها

وهران متجسدان في تمثالين زجاجين..

بأعين براقة..

حارة كأشعة حراقة،

عميقة هائجة كبحور غراقة،

ولحية ملتهبة تطلق أسهما نارية

على كل من يحارب حب الفتاة لوهران

إنهما الوهرانِ الحاميان

لجوهرة حب مدينة وهران..

جوهرة حب مدينة وهران،

أيها المستمع..

ماذا تنتظر عزيزي المستمع؟

لتخوض تجربة الحب الأبدي الأزلي..

الحب الطاهر العفيف..

الحب المبصر الكفيف

حب متبادل،

حب متفاعل

حب من قلب واسع وكبير..

حب ملهم من القادر القدير..

تحسه و تحياه،

وتستطعم لذته وتفهم معناه،

وتتقن لغة جاذبيته في المرسى الكبير

وعين الترك

إن كنت تريد رحلة حضارية عصرية

أو أن تخوض تجربة تاريخية..

في وهران القديمة والأحياء الفقيرة

حيث تعيش في حقبات زمانية..

فالمدينة تحمل روحا اسبانية،

عثمانية وفرنسية

فتصبح هائما،

تصبح محبا بألم

فالحب عذاب وألم

الحب يتدفق من الوريد كالحبر من القلم

تصبح محلقا بين السحب..

والقلب يدق بهدف

فحين يسود الحب في القلب يزيد لا يخف

تصبح عاشقا بِوَلَهٍ منذ أول لحظة

تقع فيها عيناك

على أرض المدينة

فكما تسافر بنظراتك من نافذة الطائرة..

نظراتك الاستكشافية الحائرة..

وكأنك مقدم على تجربة بدأتها

بركوب تلك الطائرة..

الطائرة التي توشك على الهبوط

في مدرج مطار وهران الدولي أحمد بن بله

لن تتاح لك الفرصة بالتراجع..

فالتجربة متأنقة بفستان وأجمل حلة

تسافر بك الحوريات إلى تاريخ المدينة العريق ..

فتشعر بلهب الفؤاد..

نار الوجد كأنها نار حريق..

فما إن يفتح باب الطائرة

حتى تستنشق هواء الحرية،

نسمات جزائرية..

نسيم الحب العليل..

الذي يشفي المريض العليل..

ويسعد صاحب الحظ القليل..

ليصبح بقدره جليل..

فالحب طريقه والدليل..

وهنا اجتمع بالنصيب،

الخليل والحليل..

فتصبح عبدا في حب مدينة وهران

وتعشق العبودية في حب وهران

تبتسم.. و تحيا بسعادة غير مألوفة ،

ولا معقولة

وما إن تحط أول قدم من سلم الطائرة

على أرض الباهية

حتى تحس بطعم التراب

الممزوج بدماء الشهداء الأبرار

تحس بثرى تراب المعركة..

تراب مبلل بدماء العزيمة والقوة وحب الوطن

تراب متشرف بأرجل رجال الثورة

تراب شريف بدماء سقته كوديان متدفقة

زخته كأمطار من سحب كريمة

تراب يتشرف بأجساد يحتويها

ويحميها في أضلعه

وبين ذراعيه

انه تراب ارض أنجبت أحمد زبانة

أرض لم تبخل علينا بكل أنواع الحب

أرض كريمة،

وأغدقت علينا بالكرم

أرض أنبتت أشجار عالية شامخة

أرض نوعت في بستانها من بذرة واحدة

بذرة الحب والوطن..

قسم بعهود واعدة

وثمرة طيبة المنبت شافية

إنها وهران الجميلة الباهية

ذات الأسوار العالية

والبنايات العالية المتمادية

مدينة الحصون والأبواب

أم الأبناء واللاجئين ومجمع للأحباب

أرض أنجبت ولد عبد الرحمان كاكي،

وأثمرت عبد القادر علولة

و عز الدين مجوبي

أثرت الأدب

وأزاحت بالفرجة عن القلب هموما

أنورت المسارح

وألمعت في السماء نجوما

كتاب

ومسرحيون أبدعوا

وأنتجوا أفكارا

وعلوما

أرض أنجبت الطاهر شريف الوزاني

البطل الجزائري،

اللاعب الإفريقي الوهراني

أرض تحتضنك لتتمنى لو أنك ولد لها

فتنتمي إليها

وتتشرف بتبنيها لك

أرض أقام بها ألبير كامو

وكانت حضنا له ومصدرا لكتبه

فأصبح الفرنسي وهرانيا..

وهران..

إنها وهران التي تغني بها أبناؤها

إنها الأم التي أنجبت أولادا

أبرارا

فاعتنوا بها

إنها عاصمة الراي التي أنجبت للراي ملكا

ارض أنجبت للموسيقى أسطورة وكروانا

إنها جنة الازهار

وبساتينها

أم أنجبت،

أظهرت وأهدت لنا كنوزها

الشاب خالد

كأنه جو كريم بالسحب ماطر

و بوريد يتدفق بالإحساس

ويفيض بالمشاعر

الشاب حسني الذي كان خفيف ظل علينا

في الدنيا كزائر

وهران..

وهران التي تعشق المشي بقدميك

في أحيائها

وشوارعها

تعشق أن تتوه في بلدياتها ودوائرها

تتوه لأنك تشعر بالأمان في ضواحيها

فمادون التوهان..

في شوارع وهران..

أنت تحيد عن الطريق الصحيح

رغم الدليل والبرهان،

تخرج من شارع لتدخل بلدية..

فتجد نفسك في دائرة أخرى

من دوائر المدينة

المخفية..

لا تكاد تميز الفرق في حبك لهذه البلديات

والشوارع الواعدة

وكأنك تهيم في حب امرأة واحدة

ما إن تغمض عينك

حتى تجدها غيرت ثوبها

فهي تبذل جهدها،

لكي تسيطر عليك،

تتملكك فتحبها

وكأنها عروس تتصدر لك في أثواب تقليدية

وعصرية

تسافر بك عبر الولايات

و الأزمان لكي تثبت مكانتها الحسية،

وتثبت نظرية الحب الفطرية،

حب ملك وتملك،

سيطرة وحرية،

سيادة وعبودية،

ألم وجروح وشفاء للروح..

وكأنها عارضة أزياء

وأنت جمهورها الوحيد

وأنت بنظراتك لتفاصيلها،

لا ترمش،

ولا تكاد بالنظر تحيد

وكأنها مصممة أزياء،

ولكن تصميمها..

هو تصميم روحي وجسدي..

مصممة على نيل حبك والفوز بقلبك،

بحب أبدي

فتتدلع

وتتغندر

أمامك وتداعب عينيك

بنظرات متفاوتات بين براءة وإثارة،

وأنت تفهم كل إشارة وأمارة،

إنها عروس

تخطف أنفاسك

بطرحتها البيضاء

الشفافة

إنها اجتماع مواصفات أنثى

بين الشراسة واللطافة

أجل..

إنها عروس هاربة

من زمن الطهر والبراءة

وأنت تلاحقها في شوارع المدينة

بخريطة

عسيرة القراءة..

من لا مير إلى لا مارين

لتوصلك إلى بروتان

وكأنك في رحلة سفر

عبر الزمان

ومختلف المكان

من حيى الحمري إلى حي سيدي الهواري

لتوصلك إلى حي السعادة

وأنت تغمرك الفرحة

وتملأ قلبك السعادة

فرؤيتك لها كانت لحظة الولادة..

ونظراتك لها هي محراب العبادة..

وحروف اسمها

هي الشهادة

وقلبك لا يريد لغيرها

عليه ريادة

فأنت لحياتك

بكل سرور

تسلمها

عجلة القيادة

وكأنك لم تعشق روحا قبلها..

ولم تر من بنات حواء

كنفيس جوهر صنفها

فهي رمز الأنوثة

وحقيقة النقاء

جوارها وبقاؤها

تتبع خطواتها

المتفاوتة

بين سريعة وخفيفة

إلى متوازنة وثقيلة

من سانتوجان إلى سان انيس

حتى لي فاليز

تجول بخاطرك

في الكهوف

والمتاهات

والدهاليز

تأبى التوقف

وتصر على التنقيب

والبحث عن العزيز

فأنت تصر على أنها

هي وحدها الحقيقة

وهي في الواقع

واقع

وخيال

وأحلام يقظة

وأفكار حقيقية

من حي المقري إلى حي البدر

حتى حي الصديقية

عروس

تكتفي بها عن كل النساء..

ولا تريد من دونها البقاء

فهي حبيبة و عشيقة..

صديقة و رفيقة

عروس تلتفت لك

بالتفاتة

بريئة نزيهة

وكأنها إشارة ودليل

وهي في طريقها

بحي المنزه كنستيل

ثم تتجه إلى ميرامار،

سان بيار حي الأمير

وهي تعتبرك ملك قلبها..

فأنت في نظرها أمير

عروس..

لن تسمح للظروف بان تفرق بينكما..

فتلحق بها

من مارافال إلى سان بوتي إلى سان انطوان

فالعشق يقودك،

وأنت توقد نار الجوى في فؤادك بإتقان

وإصرارك

مصمم على الوصول

إلى وطن الأوطان

فمنذ رأيتها

وهي فقط لك وطن

وقد اجتمعت فيها الأكوان

من حي العثمانية

إلى حي بوعمامة

إلى حي محي الدين

لقد عشقتها

وأصبحت لك اتجاها

وحياة ودنيا ودين

إنها مدينة وهران..

مدينة وهران

مدينة الحياة

وما بعد الحياة

مدينة تؤمن بالجسد والروح،

تشفي المرض

و تلئم الجروح

مدينة وهران،

مدينة روحانية

مدينة تكتشفها وتعيش فيها تجربة روحانية

إنها مدينة الأولياء والصالحين

مدينة تسمو بروحك فوق مستوى الجسد

وترسو بها على شاطئ الأولياء والصالحين

فلا ترتاح هذه الروح المعذبة

من ويلات الحروب

وعدم الاستقرار

في كل المنطقة العربية..

إلا بزيارة قبة قاضي بو لحبال بسيدي الهواري

إن أرواحنا تتحد في العروبة،

لذا فعذاب كل عربي هو عذابي..

وعذابي لا يهدأ

إلا بزيارة قبة الجيلاني

مول المايدة

فهناك الراحة والسكينة..

حيث الهموم تنجلي فتختفي

والهدوء النفسي..

الاستقرار العقلي والروحي

إنها الدواء والشفاء

للجسد والروح..

لب وجوهر،

ثوب ورداء

هي المنى والأمل..

العلاج..

الدعاء والرجاء

إنها معنى السعادة..

هوى المحبين..

والنفس والهواء

إنها حضن الحب..

دقات القلب..

الوريد

ومسامات الجلد الذي يحمل ذاكرة الخلق

تدفق العواطف

بين فلق وفلق

إنها مدينة وهران

إنها..

وهران الجميلة..

Sommaire

www.ingramcontent.com/pod-product-compliance
Ingram Content Group UK Ltd.
Pitfield, Milton Keynes, MK11 3LW, UK
UKHW040030200726
13854UKWH00001B/453

9 798223 148449